DRAGUEUR DE MERDE !

LES 200 PIRES PHRASES POUR DRAGUER

François Jouffa & Frédéric Pouhier

FIRST Editions

ISBN: 978-2-7540-6474-3
Dépôt légal: juillet 2014
Imprimé en Italie

Mise en page et couverture: Olivier Frenot

Éditions First, un département d'Édi8
12, avenue d'Italie
75013 Paris – France
Tél.: 01 44 16 09 00
Fax: 01 44 16 09 01
E-mail: firstinfo@efirst.com

Site internet: www.editionsfirst.fr

Je voudrais que tu sois
une porte pour que
je puisse t'enfoncer
toute la nuit.

Tu as de très jolies jambes ! À quelle heure ouvrent-elles ?

***

Je peux vous emprunter un baiser ? C'est promis, je vous le rends tout de suite.

Vous travaillez chez UPS ? Non ? Parce que j'aurais juré vous avoir vue mater mon paquet.

Hé, chérie, viens t'asseoir sur mes genoux que l'on parle du premier truc qui pointe son nez !

Hum, tes vêtements
seraient très bien,
jetés en tas sur ma
descente de lit.

Si j'avais des fesses aussi belles que les vôtres, je n'oserais pas m'asseoir dessus.

Vous aimiez mettre
des suppositoires quand
vous étiez petite ?

On boit une coupe
de champagne,
et puis on baise ?
Non, je plaisante,
oublions le champagne.

Je vais te faire tellement
bien l'amour que
ta sœur jumelle va aussi
jouir, quelle que soit
la distance.

Quand tu me vois,
c'est un tsunami dans
ta culotte, non ?

***

Moi aussi, je crois
en l'amitié entre un
homme et une femme,
mais j'ai déjà beaucoup
d'amis et trop peu
de maîtresses.

Je m'appelle _ _ _ _ _.
Souviens-toi de mon
prénom parce qu'il
te sera utile lorsque
tu le crieras cette nuit.

Croyez-vous au coup
de foudre, ou bien
dois-je continuer
à vous baratiner ?

Mon surnom, c'est
« le Marsupilami ».
Et ce n'est pas
pour la couleur
de mon pelage.

Tu sais, mieux vaut
être avec moi que
mal accompagnée.

***

Salut, je m'appelle
Prince et je suis
charmant. Quelqu'un
m'a dit que
tu me cherchais.

Moi, tu sais, j'aime
les femmes comme
j'aime les affiches de
cinéma : plaquées contre
un mur.

Tu es une belle plante, j'espère que tu n'es pas trop empotée.

***

Il y a tant de soleil dans tes yeux que je bronze quand tu me regardes.

Rien ne m'arrive à la
cheville… à part mon
sexe, bien sûr.

***

Tu aimais sucer
ton pouce quand
tu étais petite ?

On mange chinois
ou chez toi ?

***

J'aimerais être une
larme pour naître dans
tes yeux, vivre sur
ta joue et mourir
sur tes lèvres.

Bonsoir, Brigade d'inspection de l'épilation, veuillez vous déshabiller, Mademoiselle.

Je me présente,
Harry Potter.
Voulez-vous voir ma
braguette magique ?

***

Mademoiselle,
vous êtes aussi
pulpeuse que
de l'Orangina light.

Je suis réalisateur
de films pornos
amateurs et je peux
faire de vous une star.

Vous et moi,
nous sommes aussi
compatibles qu'un
Mac et un iPhone.

J'aimerais bien
être à la place de
votre cheval quand
vous le chevauchez
sauvagement !

Excusez-moi,
Mademoiselle, vous êtes
en état d'arrestation
pour délit de beauté sur
la voie publique.

Avez-vous déjà essayé le bondage ? Vous avez tort, ça crée des liens.

***

Vous êtes belle comme une gazelle. Attention au chasseur et à son gros fusil !

Si vous étiez la dernière femme sur terre et moi le dernier homme, je suis sûr que vous seriez d'accord pour que l'on fasse l'amour en public.

On t’a déjà fait
le coup du DSK ?

***

Viens chez moi, j’habite
chez ma copine.

Les gens disent
que j'ai très mauvais
goût, mais moi,
je vous trouve jolie.

Vous devez être
la petite-fille
de Bob Marley
pour être aussi
bien roulée.

Je viens de réaliser que vous avez l'âge de ma fille. Ça vous excite ? Moi, oui !

Ton père doit travailler à Disneyland. Parce que ton corps est un parc d'attractions !

Excusez-moi,
pouvez-vous m'aider
à trouver mon chemin ?
Je suis perdu
sans vous.

Je viens de croiser
Cupidon, il m'a conseillé
de venir vous voir.

***

Ce soir, vous êtes
mon éthylotest. Si vous
devenez jolie, c'est que
je suis bourré.

Je peux vous
gratter le nombril
par l'intérieur ?

***

Et sinon, un plan
à trois avec ta sœur,
ça te branche ?

Votre regard m'anesthésie, votre charme opère.

***

Mais qu'est-ce qu'une jolie fille comme vous fait dans un esprit tordu comme le mien ?

Vous êtes jolie…
Vous devez être russe ?

***

Tu t'es fait mal quand
tu es tombée du ciel ?

Tout comme les chiens,
je suis fidèle et j'ai une
longue queue.

***

Attends, même Jeanne
d'Arc avait moins
le feu au cul que toi !

Vous avez un regard de braise, on pourrait y cuire des merguez.

***

Quand je vous vois, il y a la tour de Pise qui se dresse dans mon caleçon.

Aimeriez-vous m'aider
à faire des maths ?
Nous allons nous
additionner, soustraire
nos vêtements,
diviser nos jambes,
et multiplier
les orgasmes.

Savez-vous ce qui ferait bien sur vous ? Moi !

***

J'ai envie de vous peindre, devenez mon modèle ! Déshabillez-vous, je sors mon gros pinceau.

Les gens disent que
vous êtes superficielle,
mais je suis sûr que
c'est juste à la surface.

Je sors à peine
de taule et vous
venez déjà
d'emprisonner
mon cœur.

Je ne sais pas laquelle
de vos quatre lèvres
j'ai le plus envie
d'embrasser.

Sieste ou sexe ?
Personnellement,
je n'ai pas
trop sommeil.

***

Je suis nul
en mathématiques...
chaque fois que
j'additionne vous + moi,
j'obtiens 69.

Dites-moi ! Vous êtes
plus dure à allumer
qu'un mégot
sous la pluie.

***

Vous êtes plus chaude
qu'une baraque
à frites un soir
de braderie de Lille.

J'espère que vous
avez un paratonnerre,
parce qu'avec moi
vous allez avoir un vrai
coup de foudre.

Si le charme
était imposable,
vous payeriez
la taxe à 75 %.

Moi, j'adore
les femmes petites.
Je ne rate jamais
un épisode
de *Joséphine*
ange gardien.

Votre décolleté
est comme un paquet
de Chocapic : quand
on le regarde,
on a envie de fourrer sa
main dedans.

Ton père doit être terroriste. Parce que tu es une bombe.

***

Vous, vous ne dormirez pas seule ce soir.

Sans vouloir être
trop indiscret :
vous avez vos règles
en ce moment ?

Je vous offre un verre
ou bien je vous donne
de l'argent directement
pour aller plus vite ?

Vous êtes tellement belle, on dirait que votre mère a accouché sur Photoshop.

Voulez-vous sentir mon aftershave : « Senteurs de chloroforme » ?

***

Votre père est un voleur. Il a volé toute la silicone du monde pour le mettre dans vos seins.

Tu aimes la cuisine indienne ? Parce que moi, j'ai très envie de manger tamoul.

Je peux vous emprunter votre téléphone ? Je dois absolument appeler ma mère pour lui dire que je viens de rencontrer sa future belle-fille !

Je vais t'aimer
comme un Corse aime
son fusil de chasse !

***

Tu me présentes
ta copine, celle
avec des gros seins ?

Je suis sûr que c'est
votre père qui a inventé
les biscottes.
Parce que vous êtes
trop craquante.

Mais non, tu n'es pas
un plan Q pour moi,
juste un plan B.

***

Vous voulez jouer
au hot dog avec moi ?
Devinez qui va faire
la saucisse…

Vous êtes tellement
belle que je pourrais
épouser votre frère,
juste pour pouvoir
entrer dans
votre famille.

Vous êtes le portait
craché de ma deuxième
femme. Et je n'en ai
eu qu'une.

Je vous préviens,
je ne bois pas
de scotch et je n'aime
pas les filles collantes.

J'ai besoin
de quelqu'un pour
pouvoir entrer dans une
boîte échangiste.

Je me présente,
je suis un chasseur
de trésor, et je pense
qu'il est caché dans
votre petite culotte.

C'est les soldes !
Je vous fais moins 20 %
sur mon corps de rêve !

Avez-vous un plan ?
Parce que je me
suis perdu dans
votre regard.

Économisons un lit,
couchez avec moi.

***

Franchement,
Mademoiselle, tu as
des yeux magnifiques,
on dirait un chien
de traîneau !

Tu sais que
tu es plutôt mignonne
quand on te regarde
les yeux fermés ?

Je vous préviens,
je vais appeler
la police : vous venez
de voler mon cœur.

Je connais une
bonne façon de brûler
les calories de ce
petit-four que vous
venez juste de manger.

Vous êtes bretonne, non ? Parce que vous êtes chaude comme la Breizh.

***

Tu sais que si tu es gentille avec moi, je pourrai te présenter le meilleur ami du frère de l'assistant de Jean-Pierre Foucault ?

Tu as du feu… enfin,
ailleurs qu'au cul ?

***

Vous savez que
la langue est un muscle.
Ça vous tente
un bras de fer ?

Vous êtes belle comme
une imprimante.
Vous êtes canon.

***

Je suis un astronaute
et j'aimerais beaucoup
explorer votre Uranus.

Salut, j'ai remarqué
que tu m'avais
remarqué, et moi,
je veux juste te faire
remarquer que
je t'ai remarquée.

J'adore mon lit mais
je préférerais être
dans le vôtre.

***

Vous savez, je suis doux
comme un agneau.
Ça vous plairait de
caresser mon gigot ?

Appelez le maître-
nageur, parce que,
là, je me noie
dans vos yeux.

Vous aimez les étoiles ?
Parce que je connais
un hôtel 2 étoiles
juste à côté d'ici.

C'est incroyable, mais vos seins épouseraient parfaitement la forme de ma main.

Vous êtes une fille ?
Prouvez-le !

***

Il n'y a pas de mot dans
le dictionnaire pour
décrire ô combien
tu es bonne.

Si vous ne m'embrassez pas ce soir, je vais devoir mentir dans mon journal intime.

Quelle est votre position
préférée pour le sexe
extraconjugal ?

***

Vous êtes un obstacle
que j'aimerais
bien sauter.

Est-ce que vos jambes
sont fatiguées ?
Parce que vous avez
traversé mon esprit
toute la journée.

Qu'aimeriez-vous
prendre au petit
déjeuner demain ?

***

J'essaie de résister
à mon envie de faire
de vous, ce soir,
la femme la plus
heureuse sur terre.

J'organise une soirée
avec des copains
de la cité dans une cave.
Tu veux venir ?

***

Mademoiselle,
vous en avez rêvé ?
Ma mère l'a fait !

Je suis à vous
pour toute la soirée.
Par contre dès
22 heures, je dois
être chez moi, sinon ma
femme va gueuler.

Je voudrais vraiment
voir la tête
que vous ferez en
me découvrant nu.

Votre géométrie fessiale
me redonne
le goût des maths !

***

C'est incroyable,
vos cheveux et mon
oreiller sont de couleurs
parfaitement assorties.

Hé ! Vous n'oubliez pas
quelque chose ? Moi.

***

Hé, Mademoiselle !
J'ai un problème
avec mon smartphone :
y'a pas votre
numéro à l'intérieur.

Est-ce que je pourrais
vous emprunter
vos sous-vêtements ?

***

Ce serait trop con
de rester copains.

Bonjour, je suis
nouveau en ville,
est-ce que je pourrais
connaître la direction
pour aller chez vous ?

Êtes-vous pour le gaz de schiste ? Moi, oui, et ce soir, je vais vous faire une fracturation hydraulique.

Vous êtes trilingue ? Une femme maîtrisant autant de langues doit super bien embrasser.

Je vais vous faire
la cour avant de vous
faire le jardin.

***

À l'élection de Miss
Bonnasse, tu n'aurais
pas fini dauphine !

J'aimerais connaître
votre mère afin de
pouvoir vous imaginer
dans quelques années
et vous présenter à la
mienne pour qu'elle
vous apprenne à faire
mes plats préférés.

Faites attention
au plafond parce
que l'amour donne
des ailes.

***

Bonsoir Petit Chaperon
rouge, laissez-moi
être votre grand
méchant loup !

Hé, super ta robe !
Tu veux qu'on baise ?

***

Tu sais que tu as 206 os à l'intérieur de ton corps ? Ça te dirait d'en avoir un de plus ?

Je ne suis certes
pas l'homme le plus
séduisant de la soirée,
mais en tout cas,
je suis le seul qui
vous parle !

Pardonnez-moi,
Mademoiselle,
j'ai perdu mon numéro
de téléphone,
est-ce que je pourrais
emprunter le vôtre ?

Vous savez, l'amour
c'est comme
la levrette, c'est
regarder dans
la même direction.

Tu connais la blague
de la salope
qui dit non ?

***

En vous voyant,
je suis excité comme
un Roumain au Salon
de la caravane.

Vous savez, moi
je cherche l'amour,
le vrai, celui avec
des gros seins !

Vous avez une
très belle robe…
Comment pourrais-je
vous persuader
d'en sortir ?

J'aimerais donner
mon corps à la science,
mais j'ai peur
de trop les exciter.

Mademoiselle,
si vous avez perdu votre
virginité, est-ce que je
pourrais, au moins, avoir
la boîte dans laquelle
elle est venue ?

J'aime les filles
comme j'aime mon huile
d'olive : vierge.

Rêvez de moi, il paraît que c'est génial.

***

Je peux vous appeler Carmen ? Parce que j'aimerais beaucoup vous Bizet.

Tenez, voilà votre cocktail. J'y ai ajouté un peu de GHB pour le goût.

Vos fesses sont
un étendard à votre
beauté. Si ça vous
intéresse, j'ai un grand
mât pour aller avec.

Cette nuit,
pourrai-je utiliser
vos cuisses comme
protège-oreilles ?

Vous êtes irlandaise ?
Non, parce que ça vous
ferait Dublin
de coucher avec moi.

Je me suis acheté
un nouveau matelas,
ça vous dit
de venir l'essayer ?

Vous savez combien
pèse un ours polaire ?
Assez pour rompre
la glace entre
vous et moi.

Est-ce que vous croyez au coup de foutre… au coup de foudre, pardon !

Je peux vous appeler Google ? Parce que vous êtes tout ce que je recherche.

Eh, mademoiselle ! Vous
êtes aussi verdoyante
et lumineuse
qu'un sapin de Noël.

Tu sais, petite,
mon corps est comme
une église. Quand les
femmes me voient nu,
elles hurlent :
« Oh, mon Dieu ! »

Salut. Est-ce que
tu es légale ?

***

Êtes-vous plutôt
une crieuse ou
une gémisseuse ?

Tu dois être une femme de ménage, parce que tu es vraiment bonne !

Chaque jour, vous êtes de plus en plus belle. Et j'ai l'impression qu'on est déjà demain.

Vous savez jouer aux cartes ? Non ? Alors, faisons un strip-poker.

Je peux vous appeler
Wifi ? Parce que
je pense qu'il y a une
vraie connexion
entre vous et moi.

Je suis en train de vous écrire un poème. Aidez-moi à trouver une rime avec douilles.

Vite ! Apportez-moi un vase, parce que je viens de tomber sur une jolie fleur.

Non, je t'assure, j'aime bien les vieilles !

***

Excusez-moi, Mademoiselle, faites-vous des pipes aux étrangers ? Non ? Alors, permettez-moi de me présenter.

Je voudrais être un citron pour mettre un petit jet dans ta moule.

***

Devinez ce qui se cache dans mon jean ?

Salut, petite, tu veux
des bonbons ?

***

Vous avez un sourire
à faire tomber les singes
de leurs arbres.

Il y a 50 % de chances
que l'on couche
ensemble ce soir.
Moi, je suis d'accord.

Mon cœur est le *Titanic*,
vous êtes l'iceberg,
en gros vous m'avez
fait chavirer.

Croyez-vous en l'amour
au premier regard…
ou est-ce que
je dois repasser
une nouvelle fois ?

J'aime beaucoup votre
bracelet à la cheville.
Ça nous fait un point
commun, moi aussi,
j'ai un bracelet,
il est électronique.

Si vous étiez
un hamburger
de McDo, vous seriez
un McSexy !

Bonjour Mademoiselle,
je suis sûr de vous avoir
déjà vue quelque part.
Ah oui, je sais !
Sur YouPorn !

Je me suis fait
allonger le sexe
de cinq centimètres,
maintenant
il en fait six.

Vous ondulez comme
une anguille dans
le seau d'un pêcheur.

Vous êtes plus potable
que l'eau du robinet.

***

Je m'y connais
en astrologie, et toi,
je peux dire
que tu es vierge,
ascendant cochonne.

Il fait froid.
Voulez-vous que
je vous réchauffe ?

***

Je te préviens tout
de suite, l'aspirateur
et moi, on ne fait
pas bon ménage.

Je suis au chômage,
et vous, vous avez
un travail. On est
complémentaires
en fait.

J'aime les filles
comme j'aime les vins :
quinze ans d'âge
et dans ma cave.

Mais non, tu n'as pas
des petits seins,
j'adore ton torse !

***

Je n'ai pas mes lunettes,
mais floue, vous avez
l'air jolie.

Toi et moi, on a plein de choses en commun, les transports par exemple.

Vous savez qu'il y a eu un épisode de *Faites entrer l'accusé* qui m'a été entièrement consacré ?

Vous avez la voix
la plus sexy du monde.
Quand vous parlez,
tout le monde
s'en branle.

J'ai perdu mon doudou,
je peux dormir avec
vous à la place ?

***

Tu es presque
aussi bonne que
ma sœur, mais avec
toi c'est légal.

J'ai une maladie rare
qui ne se soigne que
d'une seule façon.
En faisant l'amour avec
une aussi jolie femme
que vous !

Je vous parie 5 euros
que vous n'arriverez
pas à faire de moi
un hétéro !

Tu fais quoi
pour 20 euros ?

***

J'ai perdu ma virginité,
je peux vous
prendre la vôtre ?

Je ne suis pas
un pirate, mais je suis
prêt à partir
à votre abordage.

Tu sais, il n'y a pas que mon lit qui est *king size*.

***

Je suis immunisé
contre le sida,
je l'ai déjà eu une fois.

Souriez si vous
voulez avoir une
aventure avec moi.

***

Vous êtes belle
comme un cygne.
Vous avez un gros cul
et un long cou.

J'ai perdu mes clefs,
je peux vérifier
si elles ne sont
pas dans votre
pantalon ?

Félicitations, vous êtes
l'heureuse gagnante
d'une nuit d'amour
avec moi !

Ça va être tellement chaud entre nous qu'on pourra cuire un steak sur vos fesses.

Savez-vous que
le corps est composé
de 95 % d'eau ?
Bonne nouvelle, j'ai
très soif du vôtre.

Je sens qu'il y a autant d'électricité entre nous que dans la baignoire de Claude François.

Je peux vous offrir
un verre… chez moi.

***

Ma vie est un désert,
voulez-vous être
le chameau qui m'aide
à la traverser ?

Laissez-moi admirer
votre beauté intérieure.

***

J’aime les femmes
comme j’aime
la crème… fouettée.

Êtes-vous fumeuse ?
Aimez-vous les pipes ?